Analyse de l'œuvre

Par Kelly Carrein

Soif

Amélie Nothomb

lePetitLittéraire.fr

Analyse de l'œuvre

Par Kelly Carrein

Soif

Amélie Nothomb

lePetitLittéraire.fr

Rendez-vous sur lepetitlitteraire.fr et découvrez :

Plus de 1200 analyses
Claires et synthétiques
Téléchargeables en 30 secondes
À imprimer chez soi

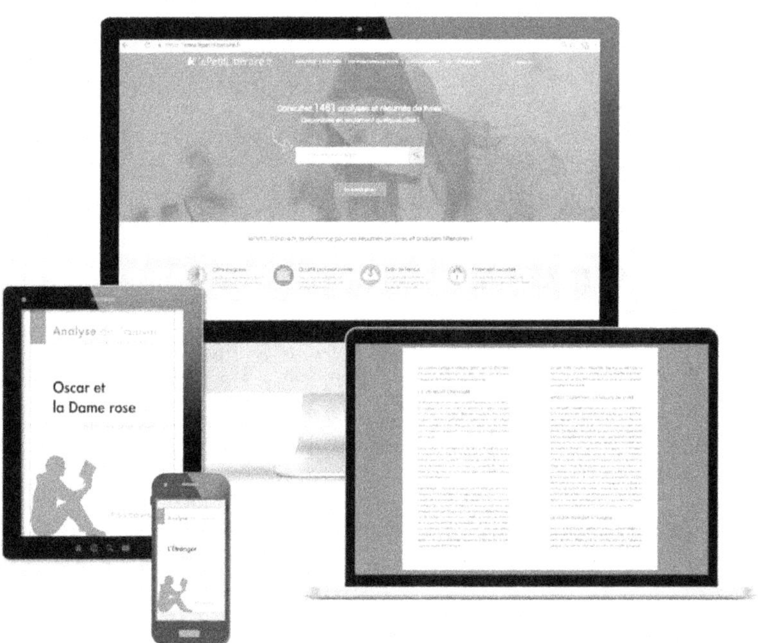

SOIF

UNE RÉÉCRITURE DES DERNIERS JOURS DU CHRIST

- **Genre :** roman.
- **Édition de référence :** *Soif*, Paris, Le Livre de Poche, 2020, 125 p.
- **1re édition :** 2019.
- **Thématiques :** religion, mort, amour, amitié, trahison, injustice.

Dans *Soif*, Amélie Nothomb prend la plume pour donner la parole au Christ lors de ses dernières heures. À quoi a-t-il songé lors de sa parodie de procès, qui l'a condamné à une mort par crucifixion alors qu'il n'avait jamais fait rien d'autre que répandre l'amour et vouloir aider son prochain ? Qu'a-t-il ressenti lors de sa dernière nuit de solitude dans sa cellule avant l'inévitable issue ? Comment s'est déroulée l'atroce ascension du Golgotha ? Quelles ont été ses dernières pensées une fois sur la croix ? À travers une narration à la première personne, l'auteure belge plonge le lecteur dans un épisode bien connu de la religion chrétienne et le revisite avec audace. Se faisant, elle soulève d'importantes questions théologiques et pousse son public à la réflexion.

L'auteure l'avoue elle-même : elle a rêvé d'écrire ce roman pendant longtemps, mais a repoussé l'échéance, car elle ne se sentait pas, selon ses mots « l'athlète de l'écriture [qu'elle] rêvai[t] d'être » pour y parvenir. Tiré à 180 000 exemplaires pour la rentrée 2019, le roman – comme bon nombre des œuvres d'Amélie Nothomb – a été un succès de librairie, manquant de peu d'être consacré par le Prix Goncourt 2019 pour quatre voix contre six en faveur de *Tous les hommes n'habitent pas le monde de la même façon* (Jean-Paul Dubois).

AMÉLIE NOTHOMB

ÉCRIVAINE BELGE

- **Née en 1967 à Kobé (Japon).**
- **Quelques-unes de ses œuvres :**
  - *Hygiène de l'assassin* (1992), roman.
  - *Stupeur et tremblements* (1999), roman.
  - *Premier sang* (2021), roman.

Fille d'un diplomate belge, Amélie Nothomb (de son vrai nom Fabienne Claire Nothomb) passe son enfance et son adolescence au Japon, un pays avec lequel elle aura toujours un lien particulier. Elle effectue ses études supérieures en Belgique, décrochant une licence en philologie romane ainsi que l'agrégation pour enseigner, avant de revenir à plusieurs reprises au Japon. Sa vie japonaise lui inspire plusieurs romans autobiographiques, parmi lesquels *Stupeur et tremblements*, l'une de ses œuvres les plus plébiscitées.

Depuis 1992 et la publication de son premier roman, *Hygiène de l'assassin*, Amélie Nothomb publie une nouvelle œuvre chaque année. Édités chez Albin Michel depuis le début de sa carrière, ses romans rencontrent à chaque fois un grand succès auprès des lecteurs, certains remportant même de prestigieux prix littéraires, comme *Premier Sang*, couronné du prix Renaudot en 2021. Certaines de ses œuvres ont été adaptées au théâtre et au cinéma, comme *Hygiène de l'assassin* (en 1999 au cinéma et en 2008 au théâtre) ou *Stupeur et tremblements* (en 2003 au cinéma et en 2011 au théâtre).

Connue pour ne jamais se séparer de ses grands chapeaux, l'écrivaine partage son temps entre Bruxelles et Paris. Outre ses romans, elle a également été parolière pour la chanteuse française RoBERT, et a écrit une chanson pour Juliette Gréco.

RÉSUMÉ

UNE PARODIE DE PROCÈS

Le roman s'ouvre au milieu du procès du Christ. Des dizaines de miraculés, des personnes qu'il a aidées (voire sauvées de la mort) se pressent pour témoigner contre lui et pour crier leur ressentiment à son égard : l'aveugle qui a récupéré la vue miraculeusement se plaint que le monde qu'il peut voir est bien laid, la mère dont l'enfant malade a retrouvé la santé est mécontente que celui-ci soit désormais trop turbulent et ne lui laisse aucun répit... Même les mariés de Cana, pour qui Jésus a transformé de l'eau en délicieux vin, font savoir qu'ils sont mécontents qu'un si bon vin ait été servi après leur vin médiocre.

Le Christ écoute ce défilé de plaintes avec attention et affiche une indifférence feinte. Il est certain que ce procès est plus un spectacle qu'une vraie forme de justice, et que sa sentence a déjà été décidée. Ainsi, il n'est pas surpris lorsque Pilate annonce avec délectation qu'il sera crucifié le lendemain.

LA DERNIÈRE NUIT

Le Christ est conduit dans sa cellule plus que sommaire pour une dernière nuit. Consumé par la peur de souffrir lors de la crucifixion (et regrettant que sa sentence n'ait pas été une décapitation pour mourir sur le coup), il peine à trouver le sommeil. Pour se distraire, il s'attarde sur plusieurs épisodes cruciaux de son périple, revisitant certains de ses miracles et quelques rencontres qui l'ont marqué.

Il évoque tout d'abord les noces de Cana, où, sous les demandes de sa mère Marie, il a transformé de l'eau en vin pour sauver la noce, car les invités étaient mécontents qu'il ne reste plus de vin. Suite à cet épisode, devenu célèbre, les gens qu'il rencontrait ont commencé à exiger des miracles. Ils se comportaient toujours comme si l'aide du Christ était un dû et que celui-ci était obligé de satisfaire les moindres de leurs demandes, malgré les efforts que cela lui coutait.

Ensuite, il s'attarde sur un épisode qui le remplit de honte, car il dévoile sa propre imperfection : frustré de ne pas pouvoir déguster des figues, car ce n'était pas encore la saison, le Christ s'est emporté et a condamné l'arbre à ne plus jamais porter de fruits. Il regrette de ne pas avoir fait preuve de patience et attendu quelques mois pour manger les fruits.

La rencontre avec Judas est également l'un des moments qui revient à l'esprit du Christ lors de sa dernière nuit sans sommeil. Il se rappelle qu'il prêchait dans un village reculé lorsqu'il l'a aperçu pour la toute première fois. Il a tout de suite eu l'intime conviction – qui s'est par la suite vérifiée – que l'homme le trahirait ; cependant, il l'a accueilli avec amour et l'a invité à rejoindre ses disciples. Mais Judas a toujours eu un comportement rebelle, compromettant ainsi son intégration auprès des autres disciples, car il avait le don pour trouver les mots qu'il fallait pour être rejeté.

Ses pensées l'amènent ensuite auprès de Marie-Madeleine, la femme qu'il aime (et qu'il nomme Madeleine, pour la distinguer clairement de sa mère, Marie). Cette femme, pour qui il a eu un véritable coup de foudre, lui a permis de découvrir l'amour romantique et physique, lui qui répandait l'amour platonique.

Avant de s'endormir enfin, il prend une décision importante : il refuse de boire l'eau qui lui a été apportée et d'apaiser sa soif une dernière fois. Il pense que la souffrance suscitée par la déshydratation rendra moins fortes les douleurs de la crucifixion.

LE CHEMIN DE CROIX

Lorsqu'il se réveille, le Christ est surpris d'avoir réussi à s'assoupir. Il découvre qu'une très forte averse s'abat à l'extérieur, mais celle-ci s'arrête rapidement et est remplacée par un soleil de plomb. Seul le sol conserve les stigmates de la pluie et est transformé en un parcours boueux et très glissant.

Chargé de sa lourde croix, le Christ avance péniblement et commence l'ascension du mont Golgotha, après une séance de flagellation publique. La foule se presse autour de lui pour l'observer. Il aperçoit Marie parmi eux, horrifiée par le destin funeste qui attend son fils. Peu de temps après, il trébuche dans la boue et s'effondre. Simon de Cyrène, présent dans la foule, est réquisitionné par les soldats pour aider le Christ à porter sa croix. Mais comme le bienfaiteur souhaite transporter la charge à lui tout seul, épargnant ainsi le condamné, les soldats le chassent. Cependant, ce moment de bonté gratuite rend au Christ une certaine énergie, et la croix lui parait moins lourde.

Quelques pas plus loin, une femme dans la foule lui éponge son visage avec un linge propre. Ébloui par la beauté de cette femme, le Christ voit en ce geste une deuxième preuve d'humanité en quelques minutes. Après deux chutes supplémentaires humiliantes dans la boue, il parvient enfin au terme de son ascension du Golgotha, au sommet duquel il retrouve deux autres condamnés à la crucifixion. Il est alors placé sur sa croix, sous les yeux d'une foule de plus en plus dense.

LES TRIBULATIONS D'UN CRUCIFIÉ

Parmi les nombreux spectateurs, il observe Marie-Madeleine, et ressent le lien d'amour puissant qui les unit, comme un rayon de lumière qu'eux seuls seraient en mesure de voir. Il est aussi soulagé de voir l'absence de Marie, qui n'a pas suivi le cortège, et se réjouit de savoir qu'elle n'assistera pas à son agonie.

Plus sa douleur s'intensifie, plus il se retrouve à maudire son père, qui ignore ce que c'est d'être incarné, et de voir son corps souffrir. Le Christ réalise alors que, comme le commun des mortels et en dépit de ses origines divines, il souffre de la haine de soi : toute sa vie, il a essayé de devenir l'ami de tout le monde, prêchant l'amour, mais n'a jamais voulu devenir son propre ami. Ce faisant, il se considère comme un hypocrite, puisqu'il revendiquait « d'aimer son prochain comme soi-même », alors que lui-même ne s'aimait pas. Au terme de ses réflexions, il finit par se pardonner et se retrouve apaisé.

Il prononce alors à voix haute les mots « Tout est accompli », de façon parfaitement audible pour la foule, alors qu'il n'avait prononcé aucune parole depuis le début de son calvaire. Il se plaint ensuite de souffrir de la soif. Un soldat lui passe de l'eau mêlée de vinaigre sur une éponge, et le Christ ressent pour la dernière fois la sensation sublime de boire, même si sa soif n'est pas étanchée.

La pluie s'abat alors et la foule commence à se disperser. Un des soldats constate le décès du Christ en le transperçant de sa lance juste en dessous du cœur. Marie arrive alors pour réclamer le corps, et le serre dans ses bras. Jésus est enrobé dans un linceul et placé à l'intérieur du sépulcre. Laissé seul, il est habité par de magnifiques musiques qui le remplissent de joie. Il se relève et danse, puis quitte le caveau pour se promener à sa guise. Commence alors pour lui la vie éternelle, et il apparait aux personnes qui l'ont aimé.

ÉTUDE DES PERSONNAGES

LE CHRIST

Narrateur du roman, le Christ livre sans détour les dernières pensées et préoccupations qui l'ont habité durant les heures précédant sa crucifixion. Il cultive une apparence stoïque lors de son procès : alors que des dizaines de personnes qu'il a secourues défilent pour l'accuser de tous les maux, le condamnant à une mort certaine, il ne fait preuve en public d'aucune émotion. Il apparait comme un être peu enclin aux bavardages inutiles, se contentant de parler lorsque cela est nécessaire, notamment pour propager l'amour de son prochain.

Malgré ce que les gens ont tendance à croire, les miracles qu'il effectue ne sont pas faciles pour lui, et ils lui prennent beaucoup d'énergie. Il a appris que les gens n'éprouveraient que rarement de la gratitude véritable pour lui, mais sa bonté d'âme ne l'empêche pas d'aider chaque personne qui le demande.

Le Christ, esprit divin fait humain, souffre d'être confiné à un corps, et surtout des douleurs que cela engendre. Il a l'impression d'être « le plus incarné des humains » (p. 15) : il éprouve un très grand plaisir à la moindre sensation humaine, comme un repas frugal ou le simple fait de s'allonger pour une sieste ; à l'inverse, la moindre douleur le transperce avec plus d'intensité que personne. Il voit à la fois cette incarnation comme une bénédiction, qui lui permet d'éprouver du plaisir dans les situations les plus simples de l'existence, mais aussi comme une malédiction qui le fait souffrir plus que n'importe qui. Ce sera le cas sur la croix, et il y maudira son père de l'avoir incarné sans savoir les souffrances qu'avoir un corps pouvait engendrer.

MARIE-MADELEINE

Marie-Madeleine est la jeune femme dont le Christ est amoureux. Il est tombé sous son charme dès qu'il l'a vue, avant même qu'elle ait proféré la moindre parole. Elle-même est aussi tombée amoureuse de lui au premier regard. Jésus est stupéfié qu'une femme telle que Marie-Madeleine (qu'il appelle Madeleine pour éviter toute confusion avec le prénom de sa mère, Marie) soit éprise de lui. Il est particulièrement troublé par la façon qu'elle a de le regarder, et pourrait passer des jours à contempler sa bonté. Il va jusqu'à la comparer au verre d'eau qui étancherait la soif d'un homme déshydraté.

Marie-Madeleine et son regard jouent un rôle important alors que le Christ est cloué sur la croix. La foule se presse tout autour des crucifiés, mais il ne voit qu'elle. Leur amour, pur et sincère, les relie, comme un rayon de lumière qu'eux seuls peuvent voir. Le regard de la jeune femme le soutiendra lors de ses derniers instants.

MARIE

Marie est la mère de Jésus. Elle a pour son fils une véritable affection maternelle, qui transparait lors de ses deux apparitions dans le récit : la première, à travers l'horreur de son regard lorsqu'elle voit le Christ porter douloureusement sa croix ; la seconde, lorsqu'elle récupère son corps et le prend dans ses bras avec la tendresse que l'on accorderait à un jeune enfant.

Son absence au sommet du mont Golgotha est un véritable soulagement pour le Christ, qui ne supporte pas de voir sa mère souffrir, à fortiori à cause de lui. Lorsqu'il l'aperçoit dans la foule alors qu'il porte la croix, il prie pour qu'elle s'évanouisse et n'ait pas à assister à ce terrifiant spectacle des souffrances de son fils.

JUDAS

Judas est l'un des disciples de Jésus. Il l'a rencontré lorsqu'il prêchait dans un village reculé. Dès le premier regard, le Christ sait que cet homme maigrichon qui l'a interpelé finira par le trahir. Cependant, il n'hésite pas à lui offrir son amitié et à lui proposer de se joindre à lui et à ses disciples.

Judas montre une volonté claire de se détacher des disciples, les rejetant ouvertement. Il s'estime différent d'eux, car il ne voue pas une admiration inconditionnelle à Jésus. Colérique, il repoussait tout témoignage de l'amour de la part du Christ et des disciples par principe.

SIMON DE CYRÈNE

Alors que Le Christ transporte sa croix, Simon de Cyrène apparait comme un sauveur, parmi la foule de gens rassemblés pour observer son calvaire. Alors que personne n'a témoigné le moindre geste amical à Jésus, Simon s'empare de la croix, car il voit les difficultés qu'il a à la porter seul. Il veut même s'occuper de la charge à lui seul, afin de soulager Jésus, mais il est chassé par les soldats qui n'apprécient pas son geste. Le Christ, quant à lui, retrouve un peu de force face à ce témoignage de bonté : lui qui avait l'habitude d'être celui qui faisait preuve de bonté envers les autres vient de recevoir de la gentillesse gratuitement, sans qu'on attende quoi que ce soit de lui. Grâce à son geste, qu'il accomplit tout naturellement, sans même se demander s'il doit ou peut le faire, Simon de Cyrène est l'un des derniers souvenirs d'humanité du Christ.

CLÉS DE LECTURE

UN TITRE AUX MULTIPLES SIGNIFICATIONS

Les différents dictionnaires s'accordent pour donner au terme « soif » deux définitions sémantiques distinctes, qui se trouvent toutes deux représentées au sein du roman :

- **La soif comme sensation physique.** La soif est avant tout la sensation d'une sècheresse de la bouche et du pharynx, qui peut être soulagée par l'action de boire. Il s'agit d'un besoin physique primaire, expérimenté par la totalité des êtres vivants dès les premiers instants de vie et jusqu'à leur mort. Le Christ, quelle que soit son origine, est incarné dans un corps humain, et expérimente des sensations physiques identiques à celles de ses pairs ; il n'est par conséquent pas exempté de cette sensation déplaisante, qui le poursuit jusqu'à ses derniers instants sur la croix. La nuit précédente, dans sa cellule, il décide de se priver de boire, afin que la soif prenne le pas sur les souffrances que ne manquera pas de lui procurer la crucifixion ; selon lui, il se focalisera plus vite sur son envie de boire plutôt que sur la douleur physique qu'il ne manquera pas de ressentir. Ses derniers mots sur la croix sont d'ailleurs « J'ai soif », témoignant d'un inconfort qui n'a aucun lien avec la crucifixion, qui était pourtant bien plus douloureuse. La soif exprimée fait donc écho à la souffrance intense que le Christ tente de maitriser ;

- **La soif comme sensation mentale.** La soif n'est pas que l'expression d'un besoin physique, mais aussi – au sens littéraire – la manifestation d'un désir passionné et impatient pour quelque chose d'immatériel, voire abstrait : celui qui a soif de quelque chose est impatient d'atteindre un état qui n'est pas encore le sien. Tout comme la soif physique, la soif mentale n'est pas un état que l'on peut contrôler, mais plutôt une sensation de manque subie par l'individu. Alors qu'il est facile d'étancher une soif physique, la soif mentale est beaucoup plus difficile à contenter. Ainsi, le Christ confesse lui-même avoir eu soif d'amour et soif de beauté, deux notions immatérielles représentées par la femme qu'il aime, Marie-Madeleine. Il effectue d'ailleurs le rapprochement entre les deux définitions de la soif lorsqu'il la compare à son « gobelet d'eau » (p. 44) : comme un verre d'eau qui étancherait la sècheresse de sa bouche, Marie-Madeleine étanche les ardents désirs de Jésus. Lorsqu'il a besoin de ressentir son amour, il lui suffit de la regarder, tout comme il lui suffit de prendre un verre d'eau lorsqu'il a besoin de boire.

La « soif », titre du roman, illustre donc deux lectures du terme : la lecture physique et primale de la soif du Christ, qui l'habite jusque dans ses derniers moments ; et la lecture psychologique de la soif comme un désir intense qu'il s'agit d'accomplir pour atteindre la félicité. Ces deux interprétations sémantiques ne se contredisent pas et cohabitent tout au long des dernières heures du Christ.

L'AUDACIEUX CHOIX D'UNE NARRATION À LA PREMIÈRE PERSONNE

Dans sa réécriture de l'épisode le plus connu de la religion chrétienne, Amélie Nothomb a choisi une narration à la première personne du singulier, offrant ainsi la parole au Christ lors des derniers moments de son existence. Les effets de ce choix narratif impactent le processus de lecture sur plusieurs aspects :

- **Un rapprochement entre le lecteur et le narrateur.** En privilégiant la première personne du singulier dans l'expression narrative, le lecteur est d'emblée connecté au personnage principal de l'intrigue. Toute forme de distance qui serait engendrée par un récit à la troisième personne (comme le sont l'Ancien et le Nouveau Testament) est gommée. Le lecteur est invité à rejoindre les pensées les plus intimes du narrateur, pour pouvoir au mieux s'identifier à lui ;

- **Un accès privilégié à la subjectivité du personnage.** Par opposition à un point de vue narratif omniscient (où le narrateur connait les pensées, les motivations et les actions de chaque personnage), la narration interne focalise le lecteur sur un personnage, le narrateur. Toute l'intrigue est vue à travers le prisme d'un seul personnage, et ainsi d'une seule subjectivité. Ainsi, le lecteur a à sa disposition autant d'informations que le Christ. Le narrateur à la première personne n'est pas neutre, et interprète les évènements à sa façon, grâce à son vécu et ses sentiments. Ainsi, la réalité présentée dans le roman revêt un caractère subjectif pleinement assumé. Le Christ, très souvent dépeint comme parfait par les évangiles, apparait ici comme un être imparfait, doté de défauts comme tout un chacun ;

- **Une absence d'omniscience.** La narration omnisciente offre une pluralité de points de vue, et donc une pluralité d'interprétations possibles. En limitant la narration au personnage du Christ, Amélie Nothomb choisit d'exprimer un point de vue unique, et de livrer un récit univoque. Cette focalisation sur le Christ sert à mettre son ressenti profond en lumière, ainsi que ses ultimes questionnements sur la croix.

Choisir de donner la parole au Christ n'est évidemment pas un acte anodin. Alors qu'il est un personnage passif dans les écrits bibliques (ses paroles et ses actes sont rapportés par des intervenants tiers, mais il ne s'exprime pas personnellement), il devient dans *Soif* le personnage principal, héros de sa propre histoire. Il s'agit de l'une des premières manifestations littéraires où le Christ prend position comme personnage principal, offrant un regard neuf sur un évènement étudié durant de nombreux siècles par la littérature, mais aussi par les arts (de nombreux peintres ayant peint la crucifixion ainsi que l'ascension du Golgotha).

LES QUESTIONNEMENTS THÉOLOGIQUES

Alors que le Christ agonise sur la croix au sommet du Golgotha, il se retrouve à maudire son père et à le tenir responsable de ses souffrances. Ses tribulations sont une façon détournée pour l'auteure d'interroger le christianisme sur deux points principaux :

- **L'incarnation et ses conséquences.** Tout au long du roman, le Christ évoque le fait d'être incarné dans son corps, comme une litanie. Ce corps lui a permis d'accéder à des plaisirs simples, mais intenses, comme celui de boire ; à l'inverse, ce corps est également la source de souffrances physiques tellement fortes que le commun des mortels ne pourrait pas les imaginer. Ce corps, en souffrance sur la croix, est la différence symbolique entre le Christ et Dieu, son père. Cette douleur intense, Dieu ne la connaitra jamais, puisqu'il n'a pas de corps, et ne peut donc pas imaginer ce qu'il fait subir à son fils. La crucifixion est censée expier les péchés, mais le Christ ne peut pas adhérer à cette conception ;

- **L'hypocrisie du précepte « Aimez-vous les uns les autres comme Dieu vous aime ».** Tout à sa souffrance, le Christ se trouve frappé par une seconde réalisation : il est hypocrite. Il a, durant toute sa vie, prêché le précepte « Aimez-vous les uns les autres comme Dieu vous aime » ; or, il réalise que lui, le fils de Dieu et son incarnation sur Terre, n'a jamais pris le temps de devenir son propre ami, et donc qu'il ne s'aime pas. Il répandait donc une parole qui lui apparait désormais comme erronée, puisqu'elle supposait à tort qu'il s'aimait lui-même. S'ensuit alors une réflexion théologique qui pourrait presque faire basculer le roman dans l'essai philosophique, mais qui aboutit au soulagement pour le Christ, qui peut se pardonner à lui-même son manque d'amour, sa « haine de soi ».

Ce questionnement théologique permet alors d'humaniser le Christ, puisque, à l'instar de ses semblables, il souffre, à la fois physiquement et moralement. La narration à la première personne lui permet ainsi de prendre la parole pour exprimer sa douleur sans filtre. La religion chrétienne et ses dogmes sont ainsi subtilement remis en question par nul autre que le fils de Dieu. Si l'auteure, à travers ses rares interviews, ne s'est pas exprimée sur ce choix narratif audacieux, elle souligne à quel point cette expérience d'écriture l'a plongée « au comble de l'angoisse métaphysique » dans un entretien avec France Culture. Il ne fait aucun doute qu'il lui apparaissait nécessaire d'utiliser la première personne pour pouvoir questionner au mieux les préceptes religieux, et en particulier l'incarnation : la souffrance du Christ, exprimée directement en « je » a ainsi connu un impact plus concret que si elle avait été narrée à la troisième personne.

L'AMOUR ET LA MORT COMME THÈMES TRANSVERSAUX

Outre la soif, deux autres thématiques traversent le roman. Tout d'abord, l'amour, qui est étudié sous toutes ses formes :

- **L'amour romantique.** Marie-Madeleine est évidemment la représentation de l'amour romantique, sentiment typiquement humain que le Christ expérimente au même titre que ses semblables. Dès qu'il a aperçu Marie-Madeleine pour la première fois, l'amour l'a frappé comme une évidence, et cela avant même qu'il entende sa voix, prouvant que l'amour est un lien qui va au-delà de toute interaction. Le regard joue donc un rôle important dans la relation entre Marie-Madeleine et Jésus, qui se poursuit jusqu'aux derniers instants de celui-ci sur la croix : il ne lâche pas son aimée du regard, et celle-ci, malgré l'horreur de la situation, ne détourne pas les yeux ; ce lien très fort est symbolisé par une lumière dorée qui apparait au Christ (mais qui est invisible aux autres) et qui semble les relier tous les deux. Marie-Madeleine lui aura apporté son amour et son soutien jusqu'au dernier moment ;

- **L'amour maternel.** Plus effacée, Marie est tout de même présente au sein du roman, et son amour pour son fils (et l'amour de celui-ci pour elle) ne fait aucun doute. Son regard horrifié de mère lorsqu'elle le voit porter la lourde croix avec difficulté témoigne de tout l'amour qu'elle lui porte, et de la douleur qu'elle ressent face à la souffrance de son fils. Jésus, au comble de la douleur, souhaiterait d'ailleurs plus que tout autre chose, non pas son propre salut, mais l'éva-nouissement de sa mère pour qu'elle n'ait pas à être témoin de son agonie. L'amour maternel s'avère plus fort que la mort, puisqu'il est toujours présent lorsque Marie étreint le corps de son fils ;

- **L'amour pour son prochain.** Il serait évidemment impossible d'évoquer le Christ sans évoquer l'amour platonique que l'on éprouve pour son prochain. Tout au long de son parcours, il s'est évertué à pratiquer cet amour et à le prêcher à chaque personne qu'il rencontrait, sans aucune discrimination. Judas en est bien sûr l'exemple le plus parlant : même si Jésus savait qu'il le trahirait, même si Judas avait un comportement rebelle qui suscitait l'agacement, le Christ n'a pas hésité à lui témoigner un amour sincère et sans condition, convaincu qu'aimer son prochain est la solution pour vivre mieux.

Souvent opposés en littérature, l'amour et la mort le sont également au sein de *Soif*. En effet, la mort est le deuxième transversal qui apparait dans le roman :

- **La mort approchante, mais abstraite.** Les tribulations nocturnes du Christ lui permettent de le distraire de sa funeste destinée du lendemain. En s'attardant sur ses souvenirs, le Christ se tourne ainsi vers un passé rassurant, qui lui apparait plus concret (il rapporte ainsi des paroles qu'il a échangées, notamment avec Judas ou Marie-Madeleine) ; ce faisant, la mort est placée dans un futur abstrait et la peur de la souffrance est reportée au lendemain. Tant qu'il se trouve éveillé dans sa cellule, le lendemain est encore lointain. Puisqu'il n'éprouve encore aucune souffrance physique (outre la soif qu'il s'inflige volontairement), et que son esprit est ailleurs, la mort imminente de Jésus prend un caractère plus abstrait ;

- **La mort dans la souffrance physique concrète.** Cependant, la mort redevient concrète dès le réveil du lendemain. Les souvenirs du passé se sont évanouis avec la nuit, et le Christ ne pense plus à rien d'autre qu'à la souffrance qui l'attend sur la croix. Celle-ci est d'ailleurs précédée des autres épisodes de souffrance physique que sont la flagellation et l'ascension du mont Golgotha. La mort par crucifixion est une mort lente et extrêmement douloureuse, qui laisse au Christ l'opportunité d'expérimenter la douleur physique au plus profond de lui-même. Une fois déposé dans le sépulcre, le Christ expérimente une joie intense comme il n'en a jamais connue, car il est délivré à jamais de la souffrance physique induite par son incarnation.

L'amour et la mort traversent donc la totalité du roman, et se trouvent (outre la soif) être les deux préoccupations principales du narrateur : l'amour que Marie-Madeleine lui témoigne par sa présence lui apporte un soutien moral plus que nécessaire ; la mort qu'il expérimente avec douleur (qu'il redoutait plus que tout) lui permet d'atteindre la libération de la vie éternelle.

PISTES DE RÉFLEXION

QUELQUES QUESTIONS
POUR APPROFONDIR SA RÉFLEXION...

- Commentez la citation : « Il n'y a pas d'art plus grand que celui de vivre. Les meilleurs artistes sont ceux dont les sens détiennent le plus de finesse » (p. 36).

- Analysez l'importance des femmes dans le roman pour le Christ.

- Étudiez les souvenirs qui traversent le Christ durant sa dernière nuit d'insomnie : pourquoi ces épisodes particuliers lui reviennent-ils en mémoire à cet instant précis ? Quel(s) effet(s) ces invocations ont-elles ?

- Comparez l'attitude de Judas envers le Christ par rapport à l'attitude des autres disciples.

- Étudiez la relation entre Jésus et Marie, en vous basant sur le texte entier.

- Le Christ parle de Dieu comme de son père, mais évoque aussi Joseph : comparez ces deux figures paternelles et leur traitement dans le roman.

- Comparez *Soif* aux récits évangéliques et mettez en évidence leurs différences.

- Certains critiques évoquent le fait que le roman, bien que focalisé sur la mort du Christ, célèbre en vérité la vie et le plaisir de vivre. Êtes-vous d'accord ? Justifiez votre réponse en vous basant sur des passages concrets.

vérité la vie et le plaisir de vivre. Êtes-vous d'accord ? Justifiez votre réponse en vous basant sur des passages concrets.

vérité la vie et le plaisir de vivre. Êtes-vous d'accord ? Justifiez votre réponse en vous basant sur des passages concrets.

POUR ALLER PLUS LOIN

ÉDITION DE RÉFÉRENCE

Nотномв A., *Soif*, Paris, Le Livre de Poche, 2020.

SOURCES COMPLÉMENTAIRES

Site officiel d'Amélie Nothomb, consulté le 3 décembre 2021, URL : http://www.amelie-nothomb.com/

Soif sur le blog Livre Paris, consulté le 3 décembre 2021, URL : https://blog.livreparis.com/soif-amelie-nothomb/

« Amélie Nothomb, "Ce livre, je l'ai écrit au corps" » sur France Culture, consulté le 20 décembre 2021, URL : https://www.franceculture.fr/emissions/par-les-temps -qui-courent/amelie-nothomb

lePetitLittéraire.fr

- un résumé complet de l'intrigue ;
- une étude des personnages principaux ;
- une analyse des thématiques principales ;
- une dizaine de pistes de réflexion.

**Retrouvez
notre offre complète sur**
lePetitLittéraire.fr

www.lepetitlitteraire.fr

ISBN version numérique : 9782808026154
ISBN version papier : 9782808026161
Dépôt légal : D/2021/12603/148

Conception numérique : Primento,
le partenaire numérique des éditeurs.